시작
: 詩 作
하는
사전

시작하는 사전

초판 1쇄 발행 / 2020년 12월 4일

엮은이 / 문학3
펴낸이 / 강일우
책임편집 / 이선엽
조판 / 한향림
펴낸곳 / (주)창비
등록 / 1986년 8월 5일 제85호
주소 / 10881 경기도 파주시 회동길 184
전화 / 031-955-3333
팩시밀리 / 영업 031-955-3399 편집 031-955-3400
홈페이지 / www.changbi.com
전자우편 / lit@changbi.com

시작
: 詩作
하는
사전

문학3 엮음

창비

가족 고양이 골복 공 그림자 금요일 기억

나뭇가지 노래 노트 눈사람 다리 림보 모조

몸 미래 미신 바다 반복 배지 베개 동생

벽난로 별 부고 살갗 셀라 손톱 아침

얼음 예배 예언 원수 일몰 정면 젖꼭지

주머니 쥐 지구본 창문 체육복 총성 파자마

풍선 희생양 A

차례

가족(家族) 〔가족〕 명사 성별, 혈연, 결혼 여부, 성적 지향과 관계없이 함께 살아가고자 하는 당사자 간의 의사에 따라 맺을 수 있는 공동체. 법의 보호와 지원을 받는다. 버팀목 전세자금 대출, 행복주택, 마일리지 합산, 법적 보호자와 상속자. 이런 단어들 속에서 얼굴의 미래를 헤아려볼, 모든 사람에게 차별 없이 주어지는 시간의 이름.

얼굴의 미래

우리는 풍등을 날리고 소원을 빌었다
공중에서 잠시 정지했다 커지던 불빛이 멀어지는 것을
봤다

정말 좋은 징조일 거야
다녀오면 새집을 찾아보자

올해는 아주 먼 곳으로 휴가를 가기로 했다

강 근처의 오래된 동네에 새로 지은 아파트를 구경하러
갔던 적이 있어 엘리베이터를 타면 발이 땅에 붙어 있다는
실감이 멀어졌지 네모반듯한 모서리와 파란색 테이프가
붙은 섀시 탁 트인 전망을 가졌다는 창 너머로 붉은 언덕
이 펼쳐져 있었어 포클레인이 만드는 흙먼지 버려진 액자

조각과 짝을 잃은 신발들

　우리는 한 단어를 초과하고 싶지 않다
　주민센터나 은행 앞에서도

　우리는 매일 같은 집으로 돌아갑니다 우리는 같은 햇빛
에 얻어맞으며 깨는 아침 우리는 아침빛에 왼쪽을 맞으면
오른쪽을 내어주는 뺨 그 빛 아래에서 몰랐던 털의 존재를
알려주는 얼굴 같은 습도로 눅눅한 티셔츠
　단어를 흘러넘치는 우리는

　한 사람이 창문 덮개를 올리면 꼭 그만큼의 빛으로 얼룩
지는 얼굴을
　같은 빛이 담긴 투명한 물컵을 본다

　컵은 물에 담길 수 있다 물이 컵에 담기듯이

　(가족당 한부의 신청서만 작성하면 됩니다.) '가족'이란
'같은 가정'에서 함께 살고 있으며……

　조금 더 무거워진 가방과 두 사람이 들어서는 하나의 문
　이것은 휴가의 끝에 대해 종이 한장과 두 사람이 떠올릴
수 있는 유일한 장면

　해운대해수욕장에서는 풍등 날리기를 금지했습니다 야
생동물에게 심각한 위험이 되기 때문입니다

자막 위로 까맣게 그을린 갈매기가 해변에 누워 있는 장
면이 지나간다

손끝에 묻은 검은 가루는 새에 비해 너무 부드럽고 가벼
워서
사라질 무게들의 크기를
겨우 눈 때문에도 무너지던 지붕을 떠올리게 한다

고양이 〔고양이〕 명사 아낌없는 사랑을 줘야만
한다.

궤도 연습 2

이곳에서 내리겠다는
붉은 불이 켜졌다

하지만 누른 사람은
창밖을 보고 있어

내리지 않았고

이미 창밖의
크리스마스 불빛들을
바라보던 누군가가

그곳에서 내렸다

내리는 사람을 보며

어두운 방에서
텔레비전 채널을 바꿀 때마다 깜빡이던 빨간빛과
초록빛

밝게 웃는 사람들

스스로의 얼굴을 매만지며 하염없이 그것을 바라보던
우리와
너의 얼굴로 쏟아지는 창백한
빛

손에 쥐고 잠든 리모컨
창밖의 고양이 울음소리로 일어나
어두운 화장실의 환풍기 사이로 들어오는 바람과 빛으로
깨닫게 되는
한낮

다시 이곳에서 내리겠다는
붉은 불이 켜진다

저 멀리 건물 사이로 내일이 지나가고 있다

골목 〔골ː목〕 명사 사람과 사람이, 꿈과 꿈이 돌고 도는 구멍. 들어갈 수는 있지만 나올 수는 없는 문. 열리기는 하지만 닫을 수는 없는 문; 인생.

어두운 골목

우리는 영화를 보고 나와 걷기 시작했지
익선동의 작은 골목을

당신은 언젠가 돌반지를 사러 여기에 왔고
나는 오래전 연인과 이곳에 왔었지

그때 우리는 서로를 몰랐고
지금은 서로에게로 비스듬히 기울어져 걷고 있다

사랑은 있겠지, 쥐들이 사는 창문에도

골목 끝의 허름한 모텔과
취객이 갈기고 간 흔적을 모른 척하며

정말 사랑은 있겠지, 시궁창 같은 인생에도

속으로 생각하는 동안
당신은 속없이 큰 소리로 유행가를 부르고
누군가 비웃듯 웃으며 지나간다

서로 다른 영화를 보면서
같은 영화를 보고 있다고 착각하는 거지
어떤 사람들은 그걸 사랑이라 부른다

아이는 자신의 가장 싫은 부분을 닮는다
아이를 향해 윽박지르는 남자는
사실은 혼잣말을 하고 있는 거다

휴일이란 아직
책의 남은 페이지들과도 같아

우린 다투어도 좋을
여든일곱가지의 이유를 갖고 있지만
지금은 돌아가 낮잠을 자기로 한다

공 〔공:〕 명사 제 속의 희망을 합주한다. 그것은 울음을 터뜨리며 웃는다.

모르는 마음

헛바퀴 속에서 여유
부린다

이상한 회전은 커다란
기회라서

떨어트린 물병
뚜껑 구를 때

은근히 공이길 바라면,

그러면 여전히
어떤 동그라미는
내 속에 머물고

보폭을 간직하며
앞으로 나아갈 때

지나쳐간 자리에

나는 얼굴을 겪고
표정을 간직하는 궤적들.

그림자 〔그ː림자〕 명사 시끄럽고 환한 곳에 가면 내 등 뒤로 숨는 것들. 빛을 피해 끝나지 않는 숨바꼭질을 한다. 빛을 등지고 돌아올 때에야 마주 볼 수 있다.

그림자 숲

나무가 아닌
나무의 그림자가 우거져 있었다
우는 건 새가 아닌 새의 마음이었다

숲으로 가 숲을 보는 대신
눈을 감고 숲의 고요를 떠올렸다
잠을 자려다 문득
내가 원하는 건 잠이 아니라
잠 속의 산책이 아닐까
행복이 아니라
행복한 사람들이 아닐까

숲의 그림자와
그림자의 숲

잠 속에서 나는 어딜 걷고 있는 걸까

새는 안 보이는데 자꾸 새의 그림자만
날개를 펄럭이며 날아갔다
누군가 날아가는 새떼를 가리키는데도 여전히
발밑에 떨어진 그림자만 보고 있었다
거기서
새의 마음을 찾으려는 것처럼

눈을 뜨지 않아도
눈꺼풀 너머로 볼 수 있었다
새를 기르지 않아도 새를
사랑할 수 있는 것처럼

금요일(金曜日) 〔그묘일〕 명사 또 금요일이 하릴 없이 지나간다. 혹은, 지나가지 않는다.

박승열

모든 요일이 지나기 전에

월요일이 지나면
월요일의 밍이 찾아와 물었다
네 반바지 어디 갔니?

화요일 새벽이 지나면
화요일의 수가 찾아와 물었다
너 왜 입술을 달싹이고 있니?

수요일이 지나가지 않는 와중에도
수요일의 조는 찾아왔고
내 머리를 쓰다듬으며 물었다
너 공중제비 돌 줄 알아?

목요일의 뮤는 아무것도 묻지 않았다

뮤는 목요일이 지나가는 동안
뮤, 뮤, 하고 같은 말만 반복했으므로
뮤에게서 왜 향기로운 비누 냄새가 나는지
뮤의 목소리가 왜 가늘게 떨리고 있는지
나는 알 수 없었다

금요일이 다 지나고
졸음이 밀려오는
한적하고 아름다운 시간엔
아무도 나를 찾아오지 않았다
나는 점점 어두워지는 공기 속에 웅크려 앉아
금요일의 그 사람을
슬픈 눈으로 기다리고 있었다

토요일의 류와 일요일의 쇼가
내게 와서 화를 냈다
어두운 얼굴을 가진
금요일의 그 사람을 풀어주라고

나는 금요일로 돌아가서
금요일이 지나기를
오래도록 기다렸다

기억(記憶) 〔기억〕 명사 불안^{不安}과 미안^{未安}이 찍
어낸 마블링과 그 이본^{異本}들.

정은영

하도리 下道里

당신들의 덕담을 엮어
목에 걸었다

기억은 한꺼번에 날아오른 새들의 방향으로
흩어지거나 모여들었다

날개를 찾은 것이 겨우 어제의 일인데
다시 날 수가 없다

입구를 찾을 수가 없다
그때의 돌들 여태 쌓여 있다

유리 접시 위에는
콩 한알이 남아 있다

그 방은 커다랗고
언제든지 춤출 수 있다

숲으로 들어서는 길은 가늘지만
가장 높은 산과 이어져 있다

주워온 깃털은 화병 곁에 두고
아직 따스한 저녁의 수면을 끌어다 붓을 헹군다
스케치북을 접었다 네가 그린 새는 모두 아름다웠다

그믐으로부터 새어나가 습지에 정박해 있던 달빛들
새떼를 따라 맴돌고 있다

죽은 듯 보이지만 여기
새 이가 나고 있다

나뭇-가지 〔나무까지/나묻까지〕 명사 하늘에 피어 난 산호珊瑚.

이곳에서 보는 첫번째

이사를 했다 나무 소리만 들리는 동네로 불을 끈 후 새
로운 집에서 새로운 마음으로 첫번째 잠을 자고 일어나자
무언가 살짝 정수리를 긁었다 머리를 두는 벽 쪽에 얇고
긴 것이 자라나 있었다
나뭇가지였다

어제는 분명 없었는데 생각하며 그 가지를 매만졌고 자
고 일어났을 때 어깨가 그다지 무겁지 않았으므로 발이 빠
져 나오더라도 좀더 머리를 밑에 두고 자면 된다고 생각했
다 그렇게 두번째, 세번째 잠을 자다 맞은편 벽에 발을 맞
대고 있다는 것을 깨닫고 바닥에 내려와 잠을 청했으나 무
언가가 또 정수리를 긁었다 이제는 아예 다른 방향으로 머
리를 두고 잠을 잤지만 자고 일어나면 나뭇가지가 정수리
를 긁고 또다른 곳에 머리를 대고 누워도 벽은 언제나 있

어서 나뭇가지는 자라고 나는 밤에 불을 끄고 한가운데에 앉아 사방에서 튀어나온 나뭇가지들을 바라보았다 불을 껐는데도 이상하게 창밖이 환했다 창을 열자 별들이 쏟아져 들어왔고 그들은 나뭇가지에 하나씩 자리를 잡은 채로 나가지 않았다

　나는 이제 밝은 방에 앉아 있다

노래 〔노래〕 명사 잊지 않을 거라는 거짓말.

검은 개

개들에게 물어볼 수 없다 정말 노래 부르고 있는 것인지
간밤에 무슨 일이 있었는지

앉아서 새가 내는 소리와 공사장에서 공사하는 소리를 듣
고 있다

정말 미안한 일이 있었다
어릴 때 생활이 어려워져서

키우던 개를 시골 할머니 댁에 두고 온 적 있었다
할머니는 검은 개를 묶어 키웠다

검은 개가 죽고 나서 나는 대학에 갔다
겁이 많은 아이였다는 것은 최근에 생각났다

검은 개가 죽었다는 것은 전화로 들었다
검은 개를 두고 올 때 차를 타고 떠나며 일부러 돌아보
지 않았다는 것은
최근에 생각났다

정말 미안하다고 말하지 않았던 것도
잊고 있었다는 것도

두고 왔다 겁이 많은 너를 돌아보지 않았다
개가 짖으니까 다른 개들이 같이 짖는다

잊지 않을 거라는 말은 거짓말이 된다
가끔씩 생각날 거라는 말은 진심이 된다
나는 순수했던 적 없다는 말도

검은 새가 대신 울어주고 있다는 말은 거짓이 될 수 있고
개들에게는 물어볼 수 없다

아침이라 공사가 재개되었다

간밤에는 정말 미안한 일이 많았다

노트(note) 〔노트〕 명사 새 노트에는 턱을 괴고 생각에 잠긴 사람의 팔꿈치 자국이 남아 있다.

윤
다
혜

노트에 적을 것

노트를 산다
흰 노트에
읽은 구절을 쓰고
검정 노트에
읽힐 구절을 쓰기로 한다
흰 노트와 검정 노트를 가지고
시장에 간다
쪽파 앞에서
여기에는 왜 케일이 없나요?
재킷 안주머니 속의
땅콩을 꺼내 먹을 때마다
벅찬 마음이 듭니다
점원은 유심히 바라본다
주머니 안쪽의

볼 수 없는 무엇을
보았다고 믿는다
블루베리가 먹고 싶습니다
코듀로이 바지를 원합니다
점원은 나를 데리고
가판대를 통과한다
여기서 기다리세요
한 사람의 목소리는
주머니 안쪽을 향하고
한 사람의 머리는
멀어진 채 보이지 않는데
한 사람이
보고 돌아선
보이지 않은 무엇이
그대로 있다
그건 올빼미인데
올빼미는 그의 꿈에 여러번 등장해 그의
안쪽 주머니에서 잠들었다고
그가 믿었기 때문이다
문은 거기에 있고
문은 늘 거기에 있고
문은 늘 그곳에서 멀지 않고
그게 닫히면
그런 일은 자주 있다
나는 의자를 가져다 그 앞에 놓을 수 있다
의자에 앉아

사과를 깨물고
초코나무숲아몬드봉봉아이스크림을 먹고
청포도색 니트를 껴입고 흰 가방 속의
인조털 장갑을 꺼낸다
코트에 묻은 눈을 떨어내는 심정으로
가짜 장갑의 부드러운 착각으로
문을 두드린다
밤새
그만 돌아가세요
우리 집엔 식탁이 없어요
고양이에게 먹일 물은 조금 있지만 실은
당신을 보고 싶지 않아요
라는 말이 들릴 때까지
흰 노트에 적은 구절과
검정 노트에 적을 구절을
구별하는 일은
동전을 셀 때의 눈과 손을
더없이 짤랑거리는 귀를
필요로 한다
이 모든 것을 가지고 시장에 가도
케일을 살 수는 없다

눈-사람 〔눈:싸람〕 명사 미친 도시 속, 차가운 정 상인이 품은 한조각 미친 마음.

우유가 들어간

정답고 정다워도,
정다워요, 말하면
동대문 밖으로 도망가는
미친 여자들이 있어요

사람인데, 눈사람인,
곱고 탄탄한,
차갑고 안 썩는
뽀드득한 속

빨갛고 길게, 새 코를 따라 달고
훌쩍훌쩍 숨 쉬어보면, 우두둑,
무언가 부러지는 것 같다가도

환영합니다,
피〔血〕 없고 얼룩 없는
고맙고 찰진 속

그 말들이,
바닥에 쌓인 그대로,
그 말로서 진심이구나,
하는 선선함

정답고 정다워도,
정다워요, 말하면
한겨울에 창문 열어 내보내는
미친 여자들이 있어요

아침에는 잠자고
오후에는 앉아 있고
저녁에는 신을 눕혀 젖 먹이는, 학대하는,

눈사람인데, 사람인,
새파랗고 사혈死血 침도 안 먹는,
균질하고 밋밋한 속

그런 게 있어요
늙은 요정妖精에 가까운,
기쁨 밖에서 순수하게 놀라 달려온 덩어리와,

그 말들이,
얼어붙은 그대로,
그 말로서 이미 결정結晶인,
그런 선선함

다리 〔다리〕 명사 우리를 지탱하는 것. 우리 밑에 놓여 있는 것. 우리가 건너지 못한 것. 우리는 내가 아닐 수도. 나는 사람이 아닐 수도.

총을 쥔 모양의 빈손

　우리는 언젠가 우리가 알고 있는 한 영화에 대해 함께 이야기했다 그것은 슬프다면 슬프고 이상하다면 이상한 사랑이 담긴 영화였다 너는 그것을 좋아한다 했다 난 그 영화의 남자 주인공을 별로 좋아하지 않았고 너도 그것에 공감했다 우린 영화를 따지기 시작했다 혹시, 영화에 나오는 총 이름 기억해? 너는 기억하지 않았다 총? 총이 나왔었나 보통 그런 영화에서 총은 잘 안 나오지 그래서 기억이 났다 총이 왜 거기 있었을까 우린 총에 대해 이야기했다 총이 왜 나오는 건지 그 총을 기억하는데 그 총을 쥔 사람을 기억 못하는 이 상황에 대해서도 우리는 이야기했다 그 영화가 이야기하는 사랑에 대해서가 아니었고 인물들이 자주 들르던 장소의 의미에 대한 것도 아니었다 사실 우린 우리가 알지 못하는 총을 영화보다 더 좋아하는 게 아닐까 총이 있었어 총이 있었는데 어디로 갔는지 모르겠

어 이런 말은 조금 무서울 수도, 조금 무서울 수 있는 말에
웃기도 하면서 어쩌면 너는 알고 있었을 수도 사실 그 이
야기를 하기 전까지 나는 미처 그 영화를 보지 않았다는
걸 딱히 보지 않았는데 그 영화의 내용을 다 알고 있었다
는 걸 나는 이런 식의 대화에 익숙했다 자꾸만 손을 헛짚
었다 식탁도 책상도 아닌 네개의 다리 위에서

림보(limbo) 〔림보〕 명사 초심자는 다자이 오사무의 교본을 참고하는 편이 좋다. "혹시라도 내 동상을 세우게 된다면, 오른쪽 발을 약간 앞으로 내밀고 몸을 살짝 뒤로 젖힌 상태에서 왼손은 조끼 주머니 속에 넣고 오른손으로는 잘못 쓴 원고를 구겨 쥔 동상을 만들어주시오, 그리고 머리는 붙이지 말아주시오, 별다른 의미는 없소." (다자이 오사무 「잎」, 『만년』) 이 점을 새겨두면 림보를 수월하게 익힐 수 있다. 림보는 발밑에 있지 않다. 우리는 매일 허리를 구부려 입장한다.

드미트리, 드미트리예비치, 쇼스타코비치,

하여간 잠시라도 틈을 주면
금세 헛소리로 비좁게 한다
타조 폭설 왈츠 오랜 내 망령이여

러시아에선 타조로 살아가지 않습니다
타조가 블라디보스토크로 살아갑니다

러시아에선 블라디보스토크가 당신으로 살아갑니다 러
시아에선
블라디보스토크와 내가 갑니다
러시아에선 구타가 당신에게 갑니다 눈물은

눈물은 당신의 강설로 대체되었습니다

눈물? 여름날 푸른 살구에서 그것을 보았습니다

주인이 울로 나무를 칭칭 감았고, 나는 다가가지 않기로
맹세했지요 맹세했는데

눈물?

들어봐요 당신
이놈의 신발끈은 맨날 풀려 막대 앞에서
주춤합니다 때문에 망가진 신
벗었으니 잘됐지 나는 림보를 잘하고 때문에 내 한계는
낮아지고
조금만 더 목에 막대가 닿았어도

외쳤을 것이다 알아요! 태양!
코로나! 또 또 그것도 알아요
태양의 검은 점, 알아요 심장 속의 우박
이놈의 바람은 맨날 풀려 꽃으로 망가진 후박
나무 끝에서

진심! 굶주릴 때면 늘 흩날리던 그것이었습니다

몰라요, 헤매는 숲을 꿩은 주위 물고
그 마음 구찌한테 물리곤 투덜거렸지 "하 참, 왜 나한테만!"
나한테만 침 흘리는 게

죽음인 줄 알았지 러시아에선
너의 시야에선
폭설 같은 타조의 깃 속에선

주인인 줄 알았지 목줄 매달린 저 사람
구찌도 착각을 합니다 구찌도 멍멍
삶을 잘못 고릅니다 꿩!
꿩꿩 씹고도 질도 헤매지? 분필 하나로 칠판 앞에 선 그애도

삼각형을 그립니다
도형 안에서 제일 먼저 고독한 수
삼이지요 내가 그 속으로 들어갔습니다
대야 속으로 미끄러진 비누처럼, 멍멍히
너는 수학을 애도합니까? 서서 마냥 울기엔 회초리가
너무 밝습니다 넘어진 태양

무너진 나의 양 러시아에선 왈츠가 나를 무대에 돌립니다
삼박자로
  눈발을 앉힙니다 때문에 내 음악은 비좁다 러시아에선

영혼 같은 건 블라디보스토크의 타조보다 널렸다 아무도

안 살려고 하네요 팔리지 않네요
그중 한 삶을 내가 삽니다 내가
살 겁니다 내게 감사하십시오

모조(模造) 〔모조〕 명사 건물 밖에 쏟아지는 햇빛.
너희의 기쁨을 흉내 내도 되겠니?

모소

우린 열한번째 손가락
어쩌면 신이 떨어낸 모래 알갱이
뻥 뚫린 시간 속으로 튕겨진

개와 어린이의 영혼은 공터만 보면 뛰쳐나가도록 설계
되었어
넓으면 넓을수록 비어 있으면 비어 있을수록
망치기 좋은 것들이 가득한 세계

누구야?
달궈진 쇠공을 저 높이에 매달아둔 거
잠깐 졸았을 뿐인데
굴러다니던 머리통에 징그러운 팔뚝을 꽂아넣은 거

살짝 부는 바람과 가지 끝에 연두
레몬빛 태양을 깨물면 시큼한 땀냄새가 퍼졌어
서로의 옷 속에 집어넣기 좋도록 우린 만들어져 있었어

흙모래가 무릎에 박혀 만들어진 무늬
어쩜 나무들이 쏟아낸 그림자
목이 좀 마른데
웃다가 보면 쏟아지는 여름잠

겹겹이 포개진 손을 떼면 많은 것이 달라져 있었어
안쪽의 일은 지어낸 이야기 같아요
죽고 싶은 마음과 죽을 것 같은 기분이 나란한 것 같아요
웃어 보이면 많은 것이 넘쳤어

남은 건 문밖의 일
개와 어린이를 향해 어색하게 웃는 일
매끈한 알전구가 깜박이는 일

의심은 나쁜 거여서
윤기 나는 잎사귀 하나를 떼어내
우린 서로의 입속에 깊숙이 찔러넣었어
분간하기 어려운 발음이었어

몸 〔몸〕 명사 목격자이자 증언자. 잊어버려도 잃
어버릴 수 없는 것.

흉

어떤 문은 닫혀 있고
어떤 문은 열려 있다
누군가는 걷고 누군가는 뛰어간다
멈춰 있는 누군가에게는 그 모든 사실이 중요하고
이것 좀 봐 옥죄인 두 발
아름답기도 하지
얼마나 더 해야지 반성은 끝이 날까
칼끝처럼
노려보는 눈빛처럼
무엇이든 그어버릴 기세처럼
밀봉된 몸속에 구겨져 있는 비밀과
사라졌지만 사라졌다고 할 수는 없는 것
남아 있지만 남았다고 하기는 어려운 것
틀린 문제는 또 틀려

아이들은 오늘도
스스로를 기쁘게 하는 데 최선을 다하고

미래(未來) 〔미:래〕 명사 이 모든 걸 멈추고 싶어
질 때면, 이 모든 걸 멈추고 싶다고 해도.

소묘

밤은 나를 알아내려고
나는 눈을 감는데

별이 자꾸 남아

옛날은 거기에 잘 있어

멀어지는 날들과

목적도 없이
밤이 쉬는 날들

별이 자꾸 남아
나는 눈을 감는데

내일이 시작되면
손톱은 어제의 방향으로 자라고

자신의 반만 살며
돌아 나가는 별들이

떨어져내리는

손등을 놓치면서

사라질 미래를
수건돌리기 하듯이

미래(未來) 〔미:래〕 (명사) 아이의 질문에 대한 기나긴 대답을 그녀 대신 내가 썼습니다. 이 시의 사물은 미래인데, 시 속에서 등장하지 못했습니다. 아이와 그녀의 미래가 멈추거나 덜컹거릴 때, 이 시가 위로가 되길 바랍니다. 내가 사는 집에도 굴뚝은 없습니다.

마음이 사라지지 않아서—목요일 저녁에

그녀는 종종 두시간 삼십분이 넘는 지루한 영화를 찾아다녔다. 외국어가 필요했다. 눈을 감고 알아들을 수 없는 말에 귀를 놓아두었다. 해변에 있는 돌처럼 귀가 서서히 마모되는 것을 느꼈다. 알아들을 수 없는 말들이 파도쳤다. 물그림자로 그녀 자신의 얼굴이 보였다. 어젯밤에는 조카와 놀았다. 아직 초등학교에 들어가기 전의 아이와 초등학교에 대해 떠들었다. 아이는 옆에 누운 그녀에게 산타가 정말 없냐고 물었다.

아이는 진지했다. 초등학교에 가서 놀림받고 싶지 않다고 했다. 옆에 누운 그녀의 표정과 감정을 놓치지 않겠다는 듯 아이의 눈동자는 그녀에게 고정되었다. 그녀는 어젯밤 물을 마시러 거실에 나왔고, 때마침 방문 중이었던 산타와 마주쳤다. 그녀는 놀라서 비명을 질렀지만 진짜로 비명을 지르진 못했다. 비명은 잠을 통과하면서 잠꼬대로 바뀌었다. 그녀의 집에는 굴뚝이 없었다.

그녀는 영화관을 나왔다. 그녀의 눈이 햇빛에 가늘어졌다. 잠시 가만히 서 있었다. 빛은 그녀를 배려하지 않았고, 그녀는 그것이 마음에 들었다. 오래전부터 이렇게 놓여 있기를 바랐던 것 같았다. 그녀는 눈을 감고 아이는 감지 않았다. 그녀가 눈을 감자 아이의 눈동자가 떠올랐다. 파도가 치면 나란히 휩쓸리는 돌들처럼 잘그락거렸다.

그녀는 영화관을 나와서 집까지 걸어가는 동안 꼭대기 층이 구름에 감긴 것 같은 아파트를 올려다봤다. 아파트 단지 내에서 희미한 울음소리가 들렸다. 아기가 우는 소리인지, 고양이가 우는 소리인지 구분하기 어려웠다. 아기도 아니고 고양이도 아닌 것이 소리를 내는 것인지도 몰랐다. 마주 본 아파트는 그녀의 보폭에 의해 가까워지다가 다시 멀어졌고 그녀가 아파트 단지를 벗어나자 그대로 고정되어 움직이지 않았다.

미신(迷信) 〔미ː신〕 <u>명사</u> 인간과 가까운 곳에서 지내는 미미하고 구체적인 신. 경전 대신 작은 지침을 갖고 있으며, 그것을 행할 때 미신의 자그마한 영성이 인간을 돌본다고 알려져 있다. 미신은 문지방을 밟지 않고, 밤에는 손톱을 깎지 않으며, 이사할 때는 가장 먼저 밥솥을 안고 집으로 들어갈까?

듀얼 호라이즌

밤새 불이 났대, 누군가 주차장에서 피운 불이 옮겨붙었대
너는 펄럭이는 가림막 사이 시커먼 문을 보며 말했다
받은 부케는 백일 후에 태워야 행복해진다는 미신이 있
다고도

뉴스에서 식당 주인은 이곳을 빠져나오며 신의 목소리
를 들었다고 했어
그럼 불을 피운 사람은 신의 일을 한 걸까?

밥솥이 뿜는 김이 드나들던 문틈으로 잿가루가 떠다니
고 있었다
햇빛 속에서 더 시커멓고 선명하게
떠다니는 그것은 너무 작았다

친구가 낳은 아주 작은 사람의 선물로 너는 모래 놀이
세트를 골랐다 모래를 담고 쏟는 것을 반복해 집을 만드는
것이었다 쇼핑백에 담긴 그것을 들고 아파트 단지를 걸었
다 놀이터를 가로지를 때 모래의 형태는 우리의 발밑에서
순간순간 무너지고 있었다

신은 언제나 문밖에서 기다린대
너는 현관문을 연다
인도네시아의 어떤 섬에는 집집마다 신이 살고 있어서
하나의 신이 한명의 사람을 돌봐줄 수 있대

우리는 작은 서점 앞을 걷는다
작은 것들의 신*이라는 제목을 봤을 때 나는 정말 작아
지고 싶었어
신 하나쯤은 가질 수 있을 만큼 충분히

아까 그애 발 봤어? 손가락을 봤어? 얼마나 작은지 봤어?
그렇게 말하는 네 옆으로 아주 작고 새카만 개가 지나간다

여기까지 왔으니 소원이라도 빌고 가자
우리는 돌탑 위에 쌓인 돌 중 가장 작은 것보다 더 작은
돌을 올린다

더 좋아질 거야
모든 게 깨끗하고 새로울 거야
터미널 텔레비전 앞에 모인 사람들은 말하고

화면에서는 이 도시에서 가장 오래된 아파트가 무너지
고 있다

　가위에 눌렸을 때는 손가락부터 움직여야 한대
　가장 끝마디부터 천천히 작게
　구부러지고 펴지는 손가락을 보다 고개를 돌렸을 때

　옆자리에서 잠든 네 무릎 위에는 수먹 쥔 손이 놓여 있다
　그것은 작지만 충분히 작지 않아서 하나 위에 또 하나를
올려야 할 것 같다

* 아룬다티 로이.

바다 〔바다〕 <u>명사</u> 이미 발생한 것. 먼 곳에서 흘러와 마주하게 되는 것. 바다를 사랑하는 사람이 있다는 건 바다 때문에 사는 사람도 있다는 것이다.

바다가 갈라진다

　바다 위에 거대한 얼음이 떠 있다 저건 아주 머나먼 바다에서 떠밀려 온 겁니다,라고 누가 내게 설명해주는 것 같다 하지만 어떻게

　이곳에는 아무도 없잖아요
　얼음은 원래 바다였잖아요

　의미 없는 말을 자꾸 입에 담게 된다
　머나먼 바다에서 왔다는 바다를
　이렇게 보고만 있어도 될까

　너무나 투명해서 안이 텅 빈 것 같은

　마음 나는 그런 걸 잘 안다 어릴 적엔 작은 어항에 구피

를 길렀다 집에 돌아와 가방을 던져놓고 가장 먼저 어항을
들여다보던 때

　　그러나 구피의 모습 같은 건 기억나지 않고
　　기억나는 건 죽은 생선의 냄새

　　구피는 잘 살 거야 다시 바다로 돌아갔을 거야, 누가 그
랬다 변기에 버렸는데 어떻게 다시 바다로 간다는 건진 모
르겠지만

　　바다 위를 떠다니는 바다에 서서히 금이 간다 그만 자리
에서 일어나 해변을 걸었다 해변을 걸으며 바다가 갈라지
는 것을 보다 잠에서 깨어난다

　　내가 일어난 자리에
　　내가 누운 자국이 남아 있고
　　투명하다

　　이 말이 입에서 사라지지 않는다
　　이것은 쓸데없이 오래 산다

　　내가 사랑하던 것들이
　　그 속을 떠다니다가
　　죽고 만 것처럼

　　난 아마도 오래 지속될 것이다

반복(反復) 〔반ː복〕 **명사** 반복 번복 반복 번복 반복
반복 반복 번복 반복 번복 번복 반복 번복
반복 번복, 번복 번복 번복.

겹과 겹

원 위에 원을 그리고 원을 그리고 원을 그리고 원을 그
리고—내가 그리는 연속에는 그리움이 없다는 걸 인지시
키고 싶다 강제되더라도—관점을 바꾸면 쌓인 원들은 입
체가 된다 언뜻 컵의 모양에 따뜻한 물을 채우고 찻잎을
우린다 맛을 그리지 않아도 향이 입체화된다 강제로 그려
지는 슬픈 사람의 입체를 음미 없이 마신다

입체를 쌓으며 강요는 순환해왔을까 몸은 몸과 맺어왔다
입체를 견디는 입체의 역할을 순행이었다고 해도 될까 반복
마다 반복이 덧씌워지고 덧입혀진 옷이, 안쪽의 왜소를 대
변한다 웃음에 웃음이, 출근길에 출근길이, 기쁨에 기쁨이,
희망에 희망이, 희망에 희망이, 희망이 희망에 덧대어지고

차의 색이 변해간다 향이 변해간다 불연속의 독백과 밤

새 마주 앉아 있기로 했다 독백이 그리고 우린 차를 독백이 마신다 밤이 샐 수 있다는 사실을 독백도 알고 나도 알아서, 우리는 잠시 사실에서 자유롭다 경직을 웃다가, 독백과 독백이 맺다가, 밖으로 우는 건 독백이다 조명이 도드라내는 양각은 안이 있다는 걸 의미해서, 나의 안도 의미에서 자유롭지 못하다 나는 조용히 속을 구긴다 독백이 독백의 머리카락을 쥐어뜯는 간절이, 간절에서 자유로워질 수 있을까

저 위를 날아 강제된 새들이 가고 저 위를 날아 강제된 새들이 오고

어제의 독백은 그제의 독백에 덧씌워졌다 기쁜 사람을 떠올리면 기쁜 사람만 떠오른다 부유하는 강물은 사흘 전의 강물과 다를 바 없어 보인다 몸이 강물에 뜨는 건, 내가 속을 오래 구겨왔기 때문일까 속이 보이지 않는 강물이 속이 보이지 않는 강물을 마시며, 쌉싸래한 차 맛이 난다 저 검은 새들에 저 검은 새들을 덧씌우면 변명마저 탄원이 될까

산책의 궤도에서 왼발을 한걸음 더 디뎠다 한걸음이다 기억이 넓어질 수 있을까 연약한 기대가 입체의 가슴과 등을 오가며 그리며 채우며, 두껍게 그린 원 덕분에 컵 속의 차는 여태 따뜻하다 음미 없이 마셔도 차의 온도로 몸이 따뜻해진다 오늘을 맺는 독백 앞에 내가 사람의 입체로 앉아, 귀의 입체로 듣는다 듣는 입체가 속을 채우며, 조용히 고개를 끄덕여주고 있었다

배지(badge) 〔배지〕 <u>명사</u> 일부러 뱃지라고 쓰고 읽는다. 혹은 뺏지, 뺏쥐, 다 허용한다. 이것은 사물이 아니기에 어떤 얼굴로든 변할 수 있다. 사나운 짐승일 수 있으며 나를 물고 달아날 수도 있다. 하지만 대부분은 곁에 남아서 수호천사가 된다. 하고 싶은 말을 전해주는 고맙고 다정한 분으로 평생 함께할 것이다.

뱃지의 효과

돼지를 달았다
그건 돼지 코를 갖고 있지만
활짝 웃는 모양이 두더지 같기도 해서
정체를 숨기기에 딱 좋았다

저는 인간을 혐오하지 않기 위해 안간힘을 씁니다
저는 혐오를 혐오하기 위해 노력합니다

거리를 꿀꿀거리며 활보하니
돼지는 쉽게 내게서 떨어져 사라졌다

가방에 해골과 심장을
주머니에는 분홍색 권총과 만년필을
꿈꾸는 고양이는 모자에 달았다

충분히 나를 나답게 보이게 했다

아니에요
아무런 의미도 두지 않았습니다

밋밋한 얼굴에 콧수염으로 방점을 찍는 거예요
나에겐 없는 구멍 찾기 놀이에 빠지는 거예요

긴 양말의 입구를 찾다보면 쓸모 있는 구멍이 보이지 않
나요?

구멍투성이인 나를 쓰레기통에 빠지지 않게 한다
사랑이라는 관념을 둥글넓적한 공으로 보게 한다
우리 모두 함께 손을 잡는 꿈을 꾸게 한다

하지만 신념을 바닥에 흘려버리고서
너무 쉽게 잊어버리고서
나를 밀치고 가버리는 행인들을 바라봅니다

저는 인간을 끝까지 혐오하지 않겠습니다

무릎을 꿇고 스마일 뱃지를 뺨에 달아보자
일부러 대충 달아서인지 전혀 아프지 않았다

베개 동생 〔베개 동생〕 <u>명사</u> 생애 최초의 진단에 의해 세상을 떠난 우리의 언니들.

나의 베개 동생

메밀밭에서 업어 온 막냇동생입니다
아버지, 나의 베개 동생이 꼬물꼬물합니다

베개 동생이 팥이고 콩인 채로 옆 동네 결명자인 채로
아버지, 여기 보셔요, 베개 동생이 눈을 뜹니다

그것을 파먹는 벌레가 가득히 신이 나고
그들이 벗은 껍질이 빨간 곡물 노란 곡물과
함께 우르르륵 우르르르륵
벌레는 자라고 고치를 잘 짓고, 그것은 감탄스럽고

아버지, 베개 동생이 커졌습니다, 자랐습니다
베개는 영유아 검진에 초대되고
줄줄 흘러다닙니다, 늘어납니다

아버지, 새 베개 동생이 필요합니다
국화밭에서 데려온 막냇동생이,
편백나무 숲에서 주워 온 막냇동생이,

베개는 영유아 검진에 초대되고
베개는 키가 하위 일 퍼센트 베개는 몸무게가 하위 일 퍼
센트

온 집안이 머리를 대고 걱정을 하고
베개에게 말을 시키고, 여보세요 여보세요,
베개는 목소리를 벌레처럼
왱알왱알 왱알왱알

아버지, 베개 동생이 옹알이를 합니다
투명한 오줌을 싸며 중세의 말을 합니다
웩슬러 지능검사를 해야 합니다
언어치료를 다녀야 합니다
전문가 상담을 받아야 합니다

아버지, 베개 동생의 발가락이 정말 길어요
손가락처럼 길어서 돌잡이를 아주 잘합니다

노란 곡물 빨간 곡물을 거둬요, 낫을
그리 야무지게 잡아요, 도리깨를 꺼내요, 휘둘러요, 아버지

이것 보셔요, 날콩을 훨훨 뿌리고
흰 국화를 베어 점괘를 읊고

영재원에 제보를 해야 합니다
방송국에 상담을 가야 합니다
아버지, 베개 동생이 편백나무 큐브로 집을 올려요

아버지, 베개 동생이 식칼을 퉤퉤 던집니다
대근육 발달이 상위 오십 퍼센트, 핏줄이
절반이 흩어지고 아버지 목이
절반이 날아가고

아버지, 베개 동생의 눈동자가 아름다워요
잘라서 밥에 넣고,
썰어서 국에 넣고,
오려서 찌개에 넣으면

아버지, 밥상의 너덜대는 아버지
차리느라 고생하셨습니다

아버지, 뜯긴 아버지,
머리털 나물이 간간합니다
아버지, 불지옥의 아버지,
손바닥에 태운 누룽지가 고소합니다

아버지, 베개 동생이 맛 좋습니다

아버지, 사랑하는 아버지,
베개 동생이 늘어납니다, 줄줄 흘러다닙니다, 아버지,

아버지, 베개 동생이 여기에 있습니다
눈동자를 콱 잠그고 고정한 채로

아버지, 죽은 국화밭에 베개 업은 나는 이리도 많은데
아버지, 여기 동생이 안 보입니다

깃털처럼 가벼운 몸, 거대하게 부풀어,
데메테르, 이 대지의 주인이 될

벽-난로(壁暖爐) 〔병날로〕 명사 무엇이든 삼키고
무엇이든 노래하는 불.

주
민
현

벽난로의 노래

나는 당신의 집 벽에 붙은 19세기풍 벽난로야
흔들의자에 앉은 당신을 바라보고 있어

당신의 방엔 보석처럼 숨겨진 중고 책이 많아
'딸들은 엄마를 닮아가고 엄마는 딸들을 닮아가지
영원히 반목한다는 뜻이야'
나는 주로 책을 집어삼키며 인생을 배웠지

나는 당신이 이십년 전에 쓰고 잊어버린 편지야
아니, 얼마 전에 당신 앞으로 도착한 편지,
피는 물보다 진하대. 엄마에게 들었어
나는 곧 아빠가 될 거야. 개새끼,
당신은 뭐든지 휙 던지고, 나는 삼키지

나는 고장 난 라디오에서 흘러나오는 끊길 듯 말 듯한
노래,
　아니, 흐릿한 불 아래서 만드는 귀신 같은 그림자

　나는 '잃어버린 사람을 찾습니다', 누군가 읽길 바라는
간절한 전단지가
　휙 날아와 꽂히는 창문이야
　그다음엔 무엇이 될까?
　당신은 끄덕끄덕 졸다가 숨이 멎을 듯 코를 골지
　라디오에선 이 세상의 마지막 날처럼 노래가 흘러나오
는데,

　나는 깊이 잠든 당신이 꿈속에 떨어뜨린 귓바퀴지. 급정
거한 자동차에서 바퀴는 데굴데굴 구르고
　인생이란 권투에 영원히 실패하는 글러브야
　당신은 꿈결처럼 중얼거리지

　나는 당신을 잠재우는 우울한 자장가로서
　베이컨이 그리다 만 사과,
　뭉개진 모로코식 샌드위치와
　죽음처럼 흘러가는 시간 속에서
　이 모든 광경과 함께 거세게 타오르고 있어

별 〔별ː〕 명사 밤에 하늘을 보는 사람이 찾으려고 하는 것. 스스로 빛을 내는 항성. 그러나 먼 곳에서 보면 스스로 빛을 내는지 별의 빛을 반사해서 빛을 내는지 알 수 없고 평소에 우리는 하늘에서 빛나는 거의 모든 것을 별이라고 말한다.

같은 날

오랫동안 나는 망각하는 법을 찾으려고 했다

무엇을 기다리는 것도 아닌데
문이 열리고 닫히는 곳을 돌아보고
무언가를 쓰기 전에 글자가 떠오른다

나무가 흔들리는 게 참 예뻐요
그렇게 말하고
나무 아래 쉬고 있는 사람들은 잊고 싶다 사랑해요 그래
서 죽였어요 어느 범죄자의 말을 잊고 싶다

멀어지는 방식으로 나무는 가지를 뻗고 잎을 펼친다
밤에는 나무도 잠을 자고
우리는 누워서 별을 찾으려고 노력하지

저기 있잖아요 안 보여요?

두 사람이 있으면 공간에 더 작은 공간이 생긴다 그곳에
서 잠에 빠지고 깨는 것을 반복하다가 배가 고파져서 일어
나는 그런 하루

기억이 힘을 잃는다면 너를 해칠 수 없을 거야
그 말을 듣고 나는 나쁜 기억을 지나친다

하늘이 충분히 어둡지만 별이 보이지 않는다

있다는 것을 안다

별 〔별:〕 명사 하늘에 어둠을 걸기 위해 꽂아놓은 핀. 이 말은 여기에 없다. 조금 전까지 있었는데.

무엇으로 사는가

투브루크 시장에서 말 한필 샀네 냄비 하나와 모포 한장
도 어디로 가세요? 두꺼운 책을 뒤적이다 모포로 하늘을
뒤집어씌웠지 등은 서쪽에서 꺼줄 것

이것이 무엇일까, 말라버린 오아시스의 두레박 끈일까
책갈피에 말을 붙들어매던 노끈일까 한때는 밧줄로 여기
기도 했지만

투브루크 골목에서 사람들이 다투었네 한 사내는 눈이
빨랐고 다른 사내는 발이 빨랐다 그럼 사막여우는 누구의
소유?

젖꼭지 옆 세가닥 털을 가만히 당겨보네 양이 한마리 말
이 한마리 한마리는 낙타, 언덕 위 어둠을 말리며 투브루

크 사람이 말했지

　그믐밤 세가지 짐승의 털을 꼬아 밧줄을 만들면 어떤 것
이라도 잡아올 수 있소, 밤의 꼬리를 슬쩍 만지던 상인처
럼 이불 속에서 헤아려보는 털 하나

　나 하나, 한낮의 거리를 지나다 셔츠 속에서 누가 날 잡
아당길 때 있네 그건 지난밤 말뚝에 묶어둔 걸 잊었기 때문

별 〔별:〕 〔명사〕 수많은 입이 삼키지 못해 뱉어놓은 슬픔의 이석耳石들.

로맨스

성대한 원망은 단번에 끊으소서
어제의 절망은 는개 되어 내리고

오늘에 잘 맞는 핏빛 망토를 꺼내 둘렀네
사랑은 가능하나 가당하나 가련하니

모닥불 피워놓고
맨발로 마주 앉아서
우리들의 이야기는
끌어안은 별들의 환생처럼
끝이 없어라 저 하늘이
붉게 벗겨지도록

사람은 사람을 의식할 수 있고

사람은 사람을 의지할 수 있고

불 속에 던지면
가장 섬세한 몸을 일으켜
비로소 춤추는 검

처음으로 바짝
칼날에 제 얼굴 비춰본 슬픔의 이목구비들
한 글자씩 이름을 얻은 밤의 표정들

부고(訃告) 〔부ː고〕 명사 아무 소식도 도착하지 않았다. 아무 일도 없었다고 말할 수 있을까. 봄밤. 모르는 고양이, 꽃, 구름, 내 뒷마당의 푸조나무, 그곳에서 영원히 사랑받을 어린 이들…… 생각한다. 조용해지는 봄밤. 달라진다. 완전히 달라진다.

최
지
은

부고

맑고, 약간 더운 바람이 부는 일요일의 정오
삶은 감자가 식어가는 여름이고

돌아가는 선풍기에 안방 문에 늘어뜨린 발이 부풀렸다
가라앉는

너는 거실에서 마른 수건을 개다 말고
한쪽 팔을 구부려 옆으로 눕는다

수건에서 맡기 좋은 풀냄새가

방바닥은 숲의 언저리처럼 서늘해서
어느새 숲을 기웃거리기까지 하고

가느다란 비가 내린다. 직박구리. 작은 머리 작은 부리가 보이고. 직박구리. 너는 말하고 듣는 귀가 없고. 직박구리. 직박구리. 눈이 마주치고 멀어지지 않는다. 너는 손을 내밀어 새를 불러 앉히고. 살갗에 뭔가 스칠 때마다 조금 뜨겁고 조금 가렵고. 겨우 두어걸음을 걷는 동안

숲이 좁아지고 물이 흐르고. 물가에 놓인 작은 베개. 너는 꿈속에서 다른 꿈을 부르려고 베개 위에 머리를 누이고. 태아처럼 웅크린다. 한쪽 귀가 물에 잠길 때. 저게 직박구리야. 아는 목소리가 들리고. 멀리 허공에선 아주 큰 독수리. 흰꼬리수리. 헛간 문이 날아오는 것처럼 아주 큰 독수리 날아들고 있다. 너는 어째서 너를 여기까지 데려왔을까. 깨달았을 땐 너무 깊은 꿈속이라 움직일 수가 없다. 달려드는 흰꼬리수리를 바라보면서. 저게 직박구리야. 계속 중얼거리는 목소리. 아직 도착하지 않은 흰꼬리수리. 금방이라도 너를 낚아챌 듯. 날고 있다.

저게 직박구리야.

눈을 뜬다
깨고 나서야 어린 너에게 새 이름을 가르쳐주던 그 목소리를 알아채고

목덜미와 겨드랑이에 살짝 땀이 나고, 열띤 두 뺨이 붉어져서
흰꼬리수리 아직도 너를 내려다보는 것 같고

물 한잔을 따르며 생각한다

아버지와 연락을 끊은 지 여섯달이 지나고 있었다

보리물에 떠다니는 찌꺼기를 건지려고 손가락으로 건드
릴 때
물고기처럼 달아나 잡히지 않았다

숲과 삶은 감자와 보리물
수건의 여름 속에서

전화벨이 울린다

두드러기가 손등 위로 번지고 있을 때였다
두드러기. 두드러기. 두드러기.
소리 없이 살결 위를 지나가는

이 꿈을 어떻게 끝내야 할까

두드러기. 두드러기.
전화벨이 계속 울린다

너는 잠든 것처럼 멈춰 서서
오래도록 듣고 있었다

여름이 식어가고 있었다

살-갗 〔살깓〕 명사 피와 살을 숨긴다. 없으면 아
프다.

몸의 바다

배가 파도를 껴안는다
부표를 향해
부릅뜬 눈을 향해

날치가 솟구친다
날치는 두 세계를 안다

벼락
어디로 가
뭘 먹니
어떻게 자신하니
우리는 침묵하고
잡아당기고

숨을 참는 버릇이 남아서
백색 눈동자는 오래된 바다를 건너가고

그 살갗을 지켜보고

젖은 별이 자리를 가늠하는 동안
오래된 바다는 오래된 달을 향해
들썩
들썩인다

파도 없는 거울 위
물 자국
솟구치는 얼굴

셀라(Selah) 〔셀라〕 (고유명사) 요술 지팡이를 휘두르 던 공주의 이름은 샐리, 셀라는 샐리의 이복 오빠다. 주로 삽자루를 휘두른다.

석유가 나온다

공룡은 어디서 뭘 하고 다녔기에 우리 집 뒷밭엔 석유도 없었을까 밤의 책상은 발굴 현장 같네 오늘은 산 소를 묻으려 구덩이를 판다 소눈깔 깊고 그윽해 지금도 먼 섬 우주를 엿보는 기분 구약의 므두셀라는 천살 가까이 살았다는데 브루셀라, 새끼를 유산하게 만드는 인수人獸 공통 전염병 셀라, 셀라 침출수 막으려 비닐 깔아놓은 구덩이 안으로 우리 노인네 두살배기 암소 끌고 입장하시고 가축병원 원장님 빛나는 유리 주사 한방에 풀썩 꺾이던 소의 무릎에 대해 쓰네, 쓸어보네 트랙터 바퀴와 삽날 붕붕, 흙먼지 날리는 책상 위를 손가락으로 걸어 소가 울고 공룡이 울고 내가 울리네 발자국 끝에서 문장은 문장을 낳지 못하고 오, 이런 셀라, 천불 끓어오르는 밤낮을 또 구덩이에 던져넣는다 세월이 흐르면 드디어 손바닥에서 내가 싸돌던 검정 백지 위에서

손-톱 〔손톱〕 명사 흰빛만큼 지나쳐온 시간. 흰
빛으로 사라지는 시간. 그 사이에서 '나중에,
다음에, 언젠가' 같은 말에 끌려다녔다. 일요
일 밤이면, 빠짐없이 모아 깨끗하게 버리고
뒤척이다 얕은 잠에 들었다.

최
지
은

구름 숲에서 잠들어 있는
너희 어린이들에게

내 눈동자 안으로 미모사. 나란히 양쪽으로 줄 서 있는 이파리. 할머니는 손가락 끝으로 잎을 살짝 건드려 보여 준다. 느리게 움직이는 미모사. 이파리가 접히는 그 짧은 사이

무언가 나를 스쳐 지나갔다. 단 냄새가 났다.

덥고 느린 바람. 땀에 젖은 이마 위로 머리칼이 달라붙는. 초여름의 냄새. 할머니에게서 풍기던. 달곰하고 조금 시큼한.

나는 그 여름 속에 들어와 있었다.

몸속에 깊숙이 잠겨 있던 단 냄새가 올라왔다. 눈동자에는 미모사. 할머니의 뭉툭한 손가락. 두껍고 부서진 손톱.

그 풍경 속에서 박새가 지저귀는 소리

숲이- 숲이- 숲이-

그걸 듣고 있는 내가
슬픔 슬픔 슬픔 웅얼거리고.

슬픔 숲이 슬픔 숲이 슬픔. 새들과 같이 떠들고. 낮잠 자
던 할머니는 일어나지 않았다. 눈동자 안으로
여름 구름이 지나갔다.

석양이 붉고. 구름은 느리게 어두워져갔다. 나는 검은 구
름 숲으로 숨었다. 그때부터 돌아갈 수도 없고 돌아갈 길
이 없어 자꾸 멀어지는 나의 집. 끝없이 끝없이 구름 숲이
계속되었다.

단 냄새를 찾으러

단소 끝으로 담벼락을 탕탕 치며 집으로 걸어가던
그해 여름 속 길어지는 골목에서

숲이- 숲이- 숲이-
새들만 나를 놀리듯 따라다녔다.

할머니는 돌아갔다. 백년 전 할머니가 태어나고. 아직 말
을 몰라서 비밀을 모르던 그때로 할머니도

돌아갔다.

수백년이 지나면 모두 깨어날지도 모른다는 말을 할머니가 들려준 적도 있었다. 그 말을 다시 들으려 하루에도 여러번 잠에 들었다.

눈꺼풀 위로 노란 석양빛이 아른거리고 있다. 꿈이 지나갔지만 눈을 감은 채 누워 있었다.

설. 늦은 오후였다. 몸 안으로 다시 숨어드는 달고 조금 뜨거운 것.
혼자였다

나의 백년도 지나가고
말을 잃어버린 처음으로 잠시, 돌아간 것처럼. 아무 말도 생각나지 않았다.

아침 〔아침〕 명사 믿기지 않는 일이 벌어진다.
공간을 후비고 다니는 사람이 된다.

김
기
형

나는 사라졌어요

길게 자른 나무토막을 쌓고
그 안에 개와 고양이, 이제 같이 살 것들을 키워요
천장을 보고 누워
함께 잠이 드니까 우리는 코가 닮아갑니다
같이 기어요
그런데 왜 사라지고 있다고 믿는 것일까요
이것은 기분에 관한 것
가장 확실한 것을 찾는 방법

내가 문을 열어줄 수 있을까요
어서 오세요,라는 표정을 건네며 그러니까 이제
개와 고양이의 발을 내놓을 수 있을까요

한 발로 서지요

지워진 부분이 있다고 믿기 때문에

발들이 다 어디로 걸어갔을까요
이전에
더 이전에 공간을 다닌 사람
개와 고양이를 끌고 다닌 사람

등을 맞대고 좋은 상상을 해요
벽에 걸리는 그림처럼

뜨거운 심장을, 정말 그런 것을 창에 둔
환영, 환영해요

온 정성으로 달라진 아침
길러지는 공간이 모이면 집이 될 수 있어요

얼-음 〔어름〕 명사 얼음은 특정한 조건에서만 머무르는 상태입니다. 가령, 저는 얼음을 손에 오래 쥘 수 없습니다. 얼음이 녹거나, 손이 시려서요. 하나의 얼음이 녹는 동안 시를 읽어주세요. 얼음에 빠지지 않기 위한 혹은 얼음이 되지 않기 위한 그녀의 고군분투를 썼습니다.

마음이 사라지지 않아서 — 까페에서

그녀는 빨대로 얼음을 저었다. 얼음은 요란한 소리를 내
며 유리잔 안을 돌아다녔다. 커피를 다 마셔도 아직 남아
있는 얼음을 보며, 물에서 얼음까지 가는 시간을 생각했다.

까페 안 조명은 밝지 않았다. 큰 도로와 가까워 이따금
지나가는 자동차의 불빛에 의해 환해졌다가 어두워지기를
반복했다. 가져온 책을 읽기에는 어두운 공간이었다. 그녀
는 책을 포기하고 의자 등받이에 몸을 기댔다. 예상치 못
하게 쿠션이 있어서 등을 받쳐주었다. 분명 처음 와본 까
페인데 언젠가 한번쯤 왔던 곳 같다. 의미 없이 유리잔을
잡고 돌렸다. 남아 있던 커피가 유리잔 내부를 타고 흘렀
다. 등 뒤에 있던 쿠션을 빼서 탁자 위에 올렸다.

큰 도로에 트럭이 지나가자 쿠션의 그림자가 과장되어

나타났다 사라졌다. 이 까페의 인테리어는 큰 도로를 지나가는 자동차들의 그림자였다. 쿠션 위에 얼굴을 파묻자 머리카락이 쏟아졌다. 완전한 어둠이었다.

그래도 그녀는 자신의 뒷모습을 상상할 수 있었다. 이런 나르시시즘으로 작은 위로가 되었다. 가끔씩 환해지는 통유리가 영화관의 조건과 비슷하다고 생각했다. 그녀가 뒷모습을 상상할 수 있는 것이 그녀의 탓인지 그녀의 능력인지 알 수 없다. 완전한 어둠은 아니었다.

그녀는 입안에 얼음을 넣고 녹이기 시작했다. 얼음이 녹는 데도 시간이 걸린다니. 지겨워질 때까지 입안에 얼음을 넣고 굴릴 수 있다면. 얼음이 녹아버리거나 입안이 시리지 않을 수 있다면. 벌떡 일어나 가방을 챙겼다. 그녀는 시간에 빠지지 않기 위해 까페를 나와 큰 도로로 걸어나왔다. 아까부터 한두방울씩 내리던 비가 굵어지고 있었다.

큰 도로에 온통 그림자가 낮게 깔려 있었다. 가방 안에 있던 책을 만지작거렸다.

예배(禮拜) 〔예배〕 명사 눈을 뜨면 사라지는 믿음.

가정 예배

눈은 언제 뜨는 것이 옳을까

눈을 감고 있는 사람들을 보면 신념이 생겼다 중얼거리는 사람들은 모두 열심히 마음을 묻어두는 것 같았다 천천히 느리게 죽음을 맞이하는 사람처럼 나무를 생각하지 않고는 식사를 할 수 없었다

나무 냄새가 나는 식탁에 앉아 있었다 내가 앉은 의자에는 빛이 있었다 식탁에선 기도를 하는 사람과 끝을 기다리는 사람들로 나뉘었다 등이 없는 의자보단 등을 맞댈 수 있는 의자가 좋았고

오늘만은 서로를 너무 믿지 말자

식탁에는 사람이 모자랐으므로 잠시 동안 우리는 식사를 멈추었다 컵에 담긴 물이 엎질러졌다 반의 반의반 컵이 된 물컵 숟가락은 말이 없었다 입천장이 까졌다 먹은 것도 없는데 입술이 하얗게 부풀어올랐다

거기 물 좀 주세요

도마 위에 죽어가는 것들처럼 동그랗게 말린 혀 벌레를 죽이면 나뭇잎 냄새가 났다 마주 앉아 미래를 생각하고 죽고 또 죽은 다음 다시 살아난 자리처럼 내가 앉은 의자는 이곳에 너무 오래 살았다 천천히 먹자 체하지 말고 나는 오늘 새로 산 도마와 오래 살고 싶다

예언(豫言) 〔예:언〕 명사 귀신이 어쩌다가 들어버린 말.

너부 상투적인 삼청동

사랑하지 않고는 쓸 수 없는 다짐들
헤어지지 않고는 적을 수 없는 예언과

미치지 않고서야
미칠 수 있었겠는가

견디지 않고는 견딜 수 없는
희망이라는 생각

거품처럼 거품같이
겨울처럼 겨울같이

걷다보면 걷게 된다 예언 속을

생각하다보면
생각의 끝에 도착할까
죽지 않는다고 한다면
살아갈 수 있겠는가

삼청동 길을 걷다가 문득
여기에 살고 싶다 살 수 없겠지
말했을 때

말에는 힘이 있다
살 수 있다 말해보라고
말해준 사람은 너였지

귀신들이
하는 말을 듣고 도와준다고 한 사람은 너였지

삼청동에 살고 싶다 삼청동에 살 것이다
미친 사람처럼 말하며 우리는 크게 웃었다

말에는 힘이 있다
말해준 사람은 너였는데
나는 삼청동에 살고 있다

지금은 어디서든 삼청동에 살고 있다

원수(怨讐) 〔원:수〕 명사 오랜 친구를 달리 이르는 말. 한 나라에서 으뜸가는 권력을 지니며 나라를 다스린다. 원수는 다섯개 별이 반짝이는 모자를 쓰고 세탁소로 가시오, 우체국으로 가시오, 한다. 코를 우뚝하게 그리시오, 가슴을 넓게 그리시오, 장군의 명령이오, 한다. 원수는 나를 일사불란하게 통솔해 고지를 점령하게 하지만 때로 내 가슴을 아프게 한다. 원수는 한밤중에 참호를 파게 하고 원수는 망토 자락을 휘날리며 탈영병의 머리통을 권총으로 날린다. 원수는 기어코 너를 미워하겠다는 결의로 결성되며 헌법에 따라 국회 3분의 2의 동의를 얻으면 해산시킬 수 있다. 왜 그랬을까? 네가 너의 재판장에서 나를 매달았듯, 나 역시 내 법정에서 너를 처형하였음. 수천의 나를 거느리는 나의 원쑤.

원쑤의 가슴팍에 땅크를 굴리자

굴려드렸습니다

어머니

새해에는

귀순하겠습니다
귀 뒤를 씻고

피복도 칠칠하게 입어
승냥이의 아가리에서
벗어나겠습니다

보리밭에 머리를 펼쳐
흙구덩이 속에

혼자 남는 일이
없도록 하겠습니다 핏물과

송곳니를 뽑으면
소용없는 저항을 중지하면
인도적인 대우를 보장한다 합니다

명예스러운 전쟁 포로가 되어
하얗게 떡국입니다 새해에는

사태를 솔직하게 인정하겠습니다
소용없는 저항을

중지하겠습니다 나의 아가리

에서 군침이 떨어지는군요
뼈다귀도 못 추리는 인민 생활을
그만두겠습니다, 헌데

저를 찢은 궤도 자국을 어떡해야 할까요
하얗게

손을 펴고 귀순하겠습니다만
원쑤를 가슴팍에 굴리는 일은
그만두지 못할 것입니다

일몰(日沒) 〔일몰〕 명사 쓰이지 않은 색채를 누군
가 자루에 담는다.

파수

일과가 어떻게 되나요, 의사는 물었다
사람을 만나고 말을 많이 하세요
처방을 들고 스치는 나무에게 안녕,
안녕—
걷다보면
사라지는 사람들 다른 세계의 파편에 부딪힌 것처럼
곳곳에서 사물들이 얼굴을 내민다

일주일째 풍선은 나뭇가지를 붙잡고
경계를 허물고 있다

여기에 새로운 귀가 열릴 거야
잎자루가 빛의 방향을 맞춘다

환히 켜진 하루, 내부가 보색대비된다
노래를 불러줄 걸 그랬다
새로운 가난으로 떠난 사람에게

잘 지내요
단정한 인사가 돌아온다
어둠의 돌기라면 익숙하지만 너의 어둠이라면—

취약하니까 우리는
우리에게
판독할 수 없는 점자처럼 웅크리는 날들

오늘도 빛을 낭비했지만
일몰에 관한 한 전문가이고 싶다
떨어진 곳에
다시 떨어져 멍들어가는

기대었던
얼룩을 이마에 새긴다

정면(正面) 〔정ː면〕 (명사) 부르는 사람들의 목소리에 돌아봅니다. 그럴 때 우리가 정면으로 마주하는 것은? 당신은 우수수 떨어지나요?

뺨 때리지 말아요

새고 있어요
홍수였어요
이해하고 있어요
부러진 발이 붙고 있어요
닿으면 열기가 섞여서
발이 커져요
당신이 딸려와요
분수처럼 쏘는 줄기
막으면 안은 가득 차서
한참 늘어났다가
감춰둔 뒤로 나와요, 다 내놔요
다 터져요
수치가 돼요

얼굴을 감싸요
달아오르면 붉은 피가 돼요
죽음이 임박한 것처럼
남기지 않아요

돕는 손들이
덧대오지만
말을 해야 하고 보아야 하고
숨을
쉬어야 했어요
입김에 들뜬 가죽
펄럭거리는 이 정면으로
인사를 해야 했어요

지상의 시간이었으므로
잠드는 시간으로 넘어가는 중이므로

언제 다 차서
저렇게 흘리고 다니는 거니

신비로운 성장
다친 곳으로 몰려드는 핏물
얼굴을 뚫고
새살이 올라와요

쇠사슬에 꿰여 걸리면
지상도 공중도 아니랍니다

젖-꼭지 〔젇꼭찌〕 명사 신체의 한 부분. 기능하지 않을 때가 많다. 특정 성별의 몸에 달린 젖꼭지는 거의 모자이크 된다.

책방

책이 있는 방을 모두 책방이라고 부르지 않지

사람들의 집에는 책이 한권씩은 있지만 책방이 아니고
바닥부터 천장까지 책이 쌓여 있는 거대한 곳도 책방이 아
니다

이곳은 팔리지 않은 책과 스티커가 널려 있다 필요하신
분은 가져가세요 메모가 붙은 박스에 책이 많고 들어본 이
름이 있다
사람들을 초대한다 거기가 어디야? 여기는 책방이야

이곳은 며칠 후면 사라진다
여기서 우리는 낭독한다
여기서 동그라미 안에 젖꼭지를 그린다

젖꼭지는 젖꼭지일 뿐인데
젖꼭지는 모두 다르게 생겼는데
젖꼭지를 발음하면 모두 쳐다봐서
우리의 젖꼭지는 꼼짝할 수 없다

지목된 사람이 시를 읽는다

젖꼭지가 기쁘다

책방 문이 저절로 열린다

주머니 〔주머니〕 <u>명사</u> 손을 넣으면 구멍이 만져
진다.

아나톨리아 해안

아프다가 나으면 조금 늙은 기분

얼굴은 닦으면 다음 날 더러워진다

주머니에 손을 넣어 지갑과 휴대폰을 확인한다
이러면 안심이 돼

산이 마음에 들지 않아 덧칠합니다 당신은 글렀습니다
선글라스를 쓰다니요 아무것도 보이지 않으십니까 잘, 여
기 파도와 모래가 몸을 섞는데요 모래의 의미는 모래라는
것 앞으로 모래가 있다 뒤에는 모래가 있고 희고 눈부시고
덥습니까 아스팔트 위에서 우리는 안도하고 쇳덩이 바깥
으로 나가자 뻥 터져 죽어버릴 것 같다

흙에는 바이러스가

그건 전갈도 마찬가지잖아요
우리는
더운 바람이라도 바람은 바람 비가 올 것 같다 비가 온
다고 착각한다

병원 침대에서 상체를 들어 올리고

교체한 시트는 다음 날 더러워진다

배는 흔들린다 그러나 정박 중

분명히 잃은 것이 맞지요, 맞아

많으면 무섭다
지엽적이고 기울었고 톱니바퀴가 빠져 있는 시계
9를 넘어가지 못하는 초침

이상하지,

많으면 무섭다

우리는 그만 만나기로 한다
많으면 무섭다
토마토 주스

비리기도 하고
아침부터 문을 두드리는 사람들이 있습니다 쿵 쿵 쿵
내 이름을 외치는 소리와
외시경 렌즈 너머 새까만 바깥

쥐 〔쥐〕 명사 쥐는 희다. 쥐는 검다. 쥐는 그외에
도 많은 색을 가지고 있다.

하얀 쥐들

내가 열한번째 박스를 접어 더미 위에 올려놓았을 때 애인이 내게 말했다 꼭 그렇게 그것들을 다 접어야겠냐고 나는 그것이 내 윤리적 습관이라 어쩔 수 없다고 했다 이렇게 하지 않으면 박스를 정리해놓기도 불편하고 수거해가시는 분들도 고생하시지 않겠느냐고, 그러자 애인은 신경질을 내며 나를 밀쳐내곤 내가 접어놓은 박스들을 다시금 펴서 조립하기 시작했다 나는 뒤로 주춤 물러선 채 그 광경을 멍하니 지켜보기만 했다

다음 날 나는 네모반듯하게 조립된 박스들 사이에서 깨어났다 애인은 여전히 자고 있었다 박스들이 마치 우리를 위협하고 있는 듯했지만 그것들에게는 아무 생각이 없으므로 그럴 리 없다고 나는 생각했다 박스들은 건조하게 자신들의 모양을 내비치고 있을 뿐이었다 나는 박스 하나를

열어 내용물을 확인했다 안은 텅 비어 있었다 나는 안도하며 다른 박스도 하나 열어봤다 역시 텅 비어 있었다 이번엔 낙담하며, 세번째로 박스를 열어봤을 때 그 속엔 쥐가 들어 있었다

쥐는 죽어 있었고 나는 애인을 흔들어 깨웠다 애인은 잠에서 깨어나지 않고 자꾸만 몸을 뒤척이며 알 수 없는 잠꼬대를 했다 동전…… 십원짜리 동전…… 동전이 열개면 이제는 건물도 세울 수 있겠어…… 너! 자꾸 그렇게 소리치면 가만두지 않을 거야…… 이제 와서 무슨, 이제 와서 무슨 땅따먹기를 한다구…… 쥐는 눈을 뜬 채로 죽어 있었다 쥐가 죽어 있는 박스 안으로 빛이 밀려들어왔고 박스 안은 마치 온실처럼 보였다 나는 비어 있던 두개의 박스 안에서 하얗게 쥐가 한마리씩 피어나는 것을 봤다 처음엔 그것이 쥐인지 알 수 없었으나 시간이 흐를수록, 빛 속에서 그것은 점점 쥐의 형태를 갖춰갔다

한마리씩의 쥐는 각자의 박스 속을 가열차게 뛰어다녔다 그런 와중에도 애인은 깨지 않았다 십원짜리 동전…… 동전이 열개면 이제는 건물도 세울 수 있겠어…… 너! 자꾸 그렇게 소리치면 가만두지 않을 거야…… 이제 와서 무슨, 이제 와서 무슨 땅따먹기를 한다구…… 이제는 정말 박스들을 내다버려야 할 때가 왔다는 생각이 들었다 저박스들을 가만히 두었다간 이 집에 대한 소유권을 주장하기 힘들어질 거야 박스 속에서 쥐가 피어오르는 것, 그건 분명 보기 힘든 풍경이지만 이런 식으로 가다간 쥐들에게

기꺼이 집을 내어주게 되고 말 거야…… 그런 식으로 내가 알 수 없는 잠꼬대를 하고 있었다고, 잠에서 깬 내게 애인이 말해줬다 집 안에는 박스가 하나도 없었고 나는 애인에게 박스의 행방에 대해 물어봤으나 애인은 나를 기가 차다는 표정으로 쳐다봤다 그 와중에도 애인의 잠꼬대 소리는 희미하게 들려왔다 십원짜리 동전…… 동전이 열개면 이제는 건물도 세울 수 있겠어…… 너! 자꾸 그렇게 소리치면 가만두지 않을 거야…… 이제 와서 무슨, 이제 와서 무슨 땅따먹기를 한다구……

지구-본(地球本) 〔지구본〕 [명사] 멈추면 도착하는 만나본 적 없는 이름들.

온다는 믿음

쁘라뻬룬이 온대요

여기 어디쯤 우리가 살고 있을 거예요
그가 지구본을 가리킨다

벌레 한마리가 텐트 안으로 들어오고

나는 지구 반대편을 바라본다

나는 오른쪽으로 그는 왼쪽으로
빙그르르 지구본이 돌아가는데

버려진 것들은 지구본에 보이지 않고

아이스크림이 녹아간다
하나의 덩어리처럼

타들어가는 발바닥을 핥으며
잠들어가는 개들

둥근 전구를 오래 쳐다보면
비문증이 생기는 것처럼

그의 고향에는 실종된 사람들이 많다고 한다

그 마을에서는 오래 살라고
서로에게 물을 뿌리는 풍습이 있다던데

내가 살았던 고향에는 개들이 너무 많아요
지붕도 없이 다 어디로 숨었을까요

너무 익숙해서 안부도 없이 닫히는 문

그는 태어나기도 전에
서른번도 더 물을 맞았다고 한다

무언가 온다는 슬픔이
이곳을 낯설게 만들고 있다

지구본에 스티커를 붙인다

그와 내가 가고 싶은 곳은 하나도 겹치지 않고

나는 태풍이 오기 전
그의 얼굴에 그늘을 만들어준다

바깥에는 수거되지 않은 마음들이
인간보다 많다

불빛이 흔들린다
그의 눈동자가 지나치게 맑고

그것과는 무관하게
오고 있었다

창문(窓門) 〔창문〕 [명사] 종종 나를 데리고 이상한 곳으로 가서 잃어버린다.

window-watcher

수초 간격으로 깜박이는 창문

불면이 불면에게 보내는 모스부호를
창가의 양초가 수신한다

흔들리는 대로 흔들리자는
그림자를 읽고 있다

불투명 유리는 불의 기억을 가장 안쪽으로 가둔다
무수한 스크래치들

추상이 되어가는 얼굴이 있다

꾸다 만 꿈의 조각이

차갑게 밤을 그어버린
그믐

검은 달이 창문을 끌어당긴다
크레이터에 고인 마음을 조명한다

촛농이 흘러내린다
비정형의 선들이 단 하나의 형상을 구축한다

매캐한 파열음

•••• ••

허공을 채굴한다
바람의 뼈에 오래도록 누락된
페이지가 걸려 있다

이면의 상상을 편성하며
창문은 창틀을 벗어난다

체육-복(體育服)〔체육뽁〕 〔명사〕 누군가는 아직도 체육복을 빌리러 교실 뒷문을 서성이는 꿈을 꾼다. 수업 시작을 알리는 종소리가 들리는데도 여전히 체육복을 빌리지 못하는 꿈을.

뒤구르기

모르는 사람의
보라색 체육복을 빌렸다
크고 냄새나는
운동화 속에 팔을 끼워넣는 기분이었다

뒤구르기를 할 때
머리카락이 다 엉켰다
철봉에 매달려
멋쩍게 웃는 동안
무서운 이야기를
들었다

매트리스에 앉아
거짓말을 했다

너를 좋아해
걔가 그걸 믿을까
오는 길에 야채죽을 사서
전자레인지에 데웠다
나는 많이 먹어야 한다

택배 박스 안의 설명서를 읽었다
직사광선은 틸란드시아를 빨리 건조시켜 생명을 단축시
킬 수 있으니 주의하세요
횡단보도를 건널 때마다 외웠다
직사광선은 틸란드시아를 빨리 건조시켜 생명을 단축시
킬 수 있으니 주의하세요

30센티 자로 손바닥을 맞고
뒤로 나가 벌을 섰다
나는 졸았는데 그걸 모르고 있다
아 재미있다

뒷문에 서서 까치발을 들었다 친구는
먼저 집에 갔다고 했다
뒤구르기를 연습하려는 걸까

짝은 시도 때도 없이 만화를 그리고 그는 만화가는 되지
않는다

뒤구르기를 언제쯤 그만둘 수 있을까

그만두게 해주세요 하나님아버지부처님

책상 서랍에 두 손을 넣었는데

그 자세로 잠들었다

총성(銃聲) 〔총성〕 명사 총성이 울려도 어떤 새는 날아가지 않는다. 더 집요하게 사라지지 않는다.

정다연

네가 둥근 잔에 입술을 댈 때

후드득 소나기가 내리고
벤치에 앉아 졸다 화들짝 놀란 사람은
신문지를 놓치고
아주 조금 젖지
아주 잠시 하늘의

기울어짐

네가 둥근 잔에 입술을 대어
한모금의 포도주를 넘길 때
쿵,
내려놓을 때

나무 아래서

잠자던 박쥐들은 갈증에 눈뜨고
입 벌린 악어가 있는
강물 속으로 뛰어들지 퐁당퐁당
못 견디지

네가 네 입술의 문양이 묻은 둥근 잔에
마침내 영원히 두 손을 뗄 때
배고픈 악어의 허기는 풍족해지고
피자두가 피자두로 익어가면서

지상으로 추락하는 폭발을 기다릴 때

나는 그 아래 서서 뜬눈으로 입을 벌리지
네 잔과 내 잔이 부딪힌
짧은 순간
깨지며 달아난 영혼의 총성을 듣지

잔이 넘친다
삼켜지다 만 젖은 박쥐떼가 떤다 떠오른다
내가 네 둥근 잔에 내 입술을 포개면

파자마(←pajamas) 〔파자마〕 〔명사〕 가끔은 내 대신 침대에 누워 있다. 흐트러진 모습을 꼭 안아 주고 싶다. 나보다 더 사람 같아서 언젠가는 내가 침대에 눕고 나를 대신할 수도 있을 것이다. 그러면 그것은 더는 나를 돌보지 않을지도 모르겠다.

방금 파자마를 입은 타조

출구에서 쏟아지는 아이들처럼 절대적 속도에 무관심
할 것

달려도 전혀 나아지지 않는 기분을
비집고 들어오는 흙먼지를
내버려둘 것

천적에게 잡아먹히지 않기 위해 구덩이에 머리를 처박
은 후에
잠을 청하는 타조와 같이 무모할 것

덤불 옆에 눕는다 졸음이 쏟아진다 공원엔 어딜 가도 뛰
는 사람들뿐이고 그 무리에 끼지 않아도 되니 다행이다 몸
에서 들개 냄새가 난다 불현듯 커다란 날개가 나를 스치곤

달려나간다 동그란 잠에 빠져들기 직전

　타조가 날 수 있다고 믿습니까 타조는 날지 못합니다 아
니 날지 않습니다 그것이 당연해서 타조는 눈을 감지 않습
니다

　애초부터 영문도 모른 채 전속력으로 출구에 다다르고
자 했으나
　지구엔 끝이 없다는 걸 알고 있잖아요

　잠에 빠진 타조는 날개를 가슴에 묻어둔다
　기다란 다리는 빼둔다
　죽음과 함께 머리만 구덩이 속에 있다

　공원은 집으로 돌아가는 아이들과 잠에서 빠져나온 무
리가 뒤섞여 점점 어두워진다 쓰레기통 옆에서 얼굴이 뭉
개져 곤죽이 된 들개를 본다 사체가 되기 위해 얼마 안 남
은 잠을 흘리고 있다

　나는 파자마를 입고
　아주 평온하게 안스리움 화분에 머리를 집어넣는다

풍선(風船) 〔풍선〕 명사 공중의 목젖. 누군가는 그것에 숨을 불어넣고 바다을 향해 뻥뻥 걸어찬다.

제라늄

넌 목이 꺾였지.

모두의 발에 공평히 짓밟혔다. 강의실 앞 화단이든, 집이
든, 거리든 네 잎은 몰살의 흔적으로 범벅을 당했다. 네 목
을 따러 울타리를 넘어오는 자들과

물구나무의 자세로 마주했다. 홀로 혹은 같이

풍족했다. 네 자매들의 묶음으로, 다발로, 사람의 이름
으로 축하를 장식하거나 애도하기 위해서. 혹은 의미 없이
강물에 돌을 빠뜨리고 그 돌이 어떻게 되는지를 지켜보듯.

가장 손쉬웠다.

제라늄을 제라늄으로만 보는 건 모자라거나 초과하지 않았다. 배경에도 서 있지 않은 사람. 청소, 청소, 부수적 피해

학살의 불기둥 솟아오르고 파편으로 녹아내리는 유리창 너머에

넌 없었다고 한다. 임신한 여자가 유모차를 앞뒤로 흔드는 풍경 속에. 아이가 아이를 간지럽히고 풍선이 날아오르고
연인이 무릎을 꿇어 서로의 신발끈을 고쳐 묶는 잔디 아래, 땅에 닿지 않은 채 공중에서 흔들리는 나뭇가지와 그을린 광장, 덮어도 덮어도 끝이 없는 하얀 면포 아래

자전거가 종을 울리며
휙 휙
짓밟으며 길을 낼 때
휙 휙
목 꺾일 때

발끝에서 뻗어 나간 그림자가
더더욱 어두워질 때

한걸음이 한걸음으로 완성될 때

나는 똑바로 서 있었다

희생-양(犧牲梁) 〔히생냥〕 명사 게임의 규칙에 따라 게임 바같으로 추방되는 사람들. 도시에 적당한 긴장과 함께 평화가 유지되기 위해서는 밤이 올 때마다 누군가가 희생양이 되어야 한다. 마피아가 도시를 점령하거나 반대로 전부 사라질 때까지 희생자 지목은 끝나지 않는다. 경찰과 의사, 탐정은 시민의 편인 것 같지만 시민보다 자신의 목숨이 더 가치 있다고 여긴다.

조온윤

밤의 마피아

아침이 되었습니다
간밤엔 이름 모를 선량한 한 사람이 죽었습니다
도시는 다시 밝아지고
아침이 되면 도시는 다시 아무 일 없던 것처럼
희생양을 찾아 헤매고

오늘은 내 옆에 죽은 듯이 누워 있는
컴컴한 잠이 수상하다
우리는 밤이면 늘 잠만 자는데
간밤에 무슨 일이 있었는지는 어떻게 아는 걸까
잠에서 깨었을 때
내가 여전히 살아 있다는 걸 알려주던 그 목소리는
누구일까

누구일까
죽은 개구리가 헤엄치는 검은 연못의 주인
꺼지지 않는 회색 화면처럼 바깥을 지우는 빗소리
힘센 빗소리
숨죽여 귀를 기울이고 있다가
울음소리가 들리는 쪽으로 돌을 던지는 아이들
피 흘리며 걸어가는 수세기 전의 언덕과
잠든 사이 누군가 머리맡에 놓아두고 간 몰래 꽃의 꽃말,
나를 잊지 말아주세요 잊지 말아주세요

내가 찾아 헤매는 건 누구일까
밤의 마피아들?
몰래 꽃의 주인들?
이 모든 것으로부터 결백한 사람들?
누구일까
내가 죽은 뒤에도 죽은 나와 이야기를 하고 있을
그 사람들은

도시는 또다시 밤이 되었습니다
잘 지내고 있는지요……

나는 왜 자꾸 살아 있는 걸까요
염원과는 다르게
영원과도 다르게

A 〔eɪ〕 noun 다음엔 B다. 다음엔 C다. 종종 놀랍다. 다음엔 D라는 사실마저.

이
영
재

내가 알던 A의 기쁨

알루미늄 캔 속에 콜라가 가득하고 콜라 속에 탄산이 가
득하다 보이지 않아도 알 수 있는 것들이 있다 A에 대해
오해하지 않아야 한다 A의 결말은 A의 것이 아니다 A를
통해 덜 불편한 결말을 바라는 이들의 A일 뿐이었던 A는
A의 A라고 쉽게…… 이제 와 나는 A와의 관계를 부정하고
자 하는 게 아니다 콜라를 흔들면 누구나 참을 수 없다 없
어서, 없는 이유마다 이유를 펼치고 펼친 이유를 열고 연
이유를 펼치고 열고 펼치고 열고 열고

어쩔 수 없잖아 A의 거짓말을 간파했다 A의 입술은 괜
히 탐스러워, 나는 A와 마주 선 채로도 A의 대상으로 인식
된 적이 없다 스쳐가며 A가 콜라 캔을 흔들었다 어쩔 수
없어 보였다 참을 수 없어 보였다 콜라 캔을 흔들었다 그
러니까, 존나게

옹호하자는 건 아니다 일정 조건에서 일정 결과가 도출
된다는 걸 공유하기에, 콜라 캔마다 일정한 탄산이 있다고
믿으니까 모두가 생각하는 대로 A는 나약하다 나약함을
비웃지 말라고는 않겠지만 모두 콜라의 탄산을 좋아한다
는 원인으로 알루미늄 안쪽의 농도는 선동당할 수밖에 없
다는 걸, 인정한다 열림에 관하여, 터짐에 관하여, 찢어짐
에 관하여 A의 신념은 아름다웠다 대상도 되지 못했던 내
가 옆에서 봤을 때

패스트푸드 프랜차이즈점을 지나쳐 화장품 매장에 들
어갔다가 샘플을 몇개 훔쳐 나왔다 감히 우리라고 한다면,
우리가 키스를 통해 죄의식을 나눠 가질 수 있을 거라 믿
었다 A는 웃고 나는 구역질을, A는 구역질을 보고 나는 구
역질을 허투루, A는 나를, 허투루의 나는 경멸이 되기에도
모자란다 탄산을 상상한다고 탄산이 구현되는 건 아니라
는 걸

질척한 웅덩이엔 발자국이 겹겹이 쌓여 있다 A는 지문
이 도드라진 손바닥을 찍고

선명한 공기다 사실을 말할 때가 됐다
A는 얼마 전까지 사람을 죽일 수 있는 상태였습니다 칼
이 있다면 칼로 빨대가 있다면 빨대로
그래서(A는 접속사에 자주 몸서리를 쳤지만)
A는 사람이 아닙니다 아니게 된 건지는 모르겠지만, A와

손잡고 걸었던 사실을 A가 숨겼다는 사실을, 사실을, 사실
대로 나는 뒤늦게 알고

죽고 싶었을까 죽이고 싶었을까 존재에게 접속사를 더
할 수 없다는 A의 신념은

의문문이다 궁금이 펼쳐지지 않는다 열리지 않는다 대
상도 될 수 없던 나는 A가 건네쥰 탄산이 빠진 콜라나 미
시며 변명이나, 변질이 아니라고 변명이나

당위를 기록한다 알루미늄 캔이 얼마나 나약한지, A는
능동이었다고 소리치지만 사실 A는 A가 되는 동안 한번도
능동인 적 없었다 압력press에 있어 우울depression은 합당하
게, 콜라 캔을 흔들 상황에서 콜라 캔을 흔드는 건 마땅해
야 하지 않나 고백을 기록한다 얼마 전까지 A는 사람을 죽
이지 못할 상태였다 상태가 열리거나 펼쳐지지 않길 바랐
다 옆의 나는, 이미가 이미를 잡아먹고 소급이 소급을 덧
씌우는 걸 알면서도, 나의 안에 A의 a가 자라기 시작한다
는 사실을

비유를 증언하거나 증언을 비유하거나
자주 웃었다 더 자주 비웃었다 햇빛을 따라다니며, 안까
지 뜨거워지길 바라며 탄산의 농도를 가늠해보려고, 서로
를 비웃는 관계라는 게 나는 홀로 다행스러워, A를 따라
트림을 트림처럼 했다 선명한 구름이다 나는 사랑할 용기
가 있다 그래서, 어제는 사람 같은 걸 죽이기엔 기쁜 날이
었다는 A의 마지막 거짓을 진심으로 변호했다

작가 소개

강지이 겨울의 어떤 공기, 공간의 적막, 왔다 가는 빛,
고개 들면 하늘로 날아가던 나뭇잎 같은 것을
조금이라도 표현해내고 싶어 시를 쓰기 시작했다.

김기형 지금의 산책이 새가 되는 길이므로 시작했다.

김지연 과일처럼 부드럽게 물러가는 세계를 상상하면,
종이 위에 너무 오래 있었던 단어들은 부서지고
무너지며 다시 자신이기를 시작했다.

남지은 열살 나윤 유민 서영 태연과 시를 쓰기 시작했다.

노국희 멈춘 마음이 부서져 허밍을 시작했다.

류 진 이 골드버그 장치는 훗날 인사도 잘하고 등도 잘
긁기 시작했다.

박승열 어떤 믿음도 없이, 즐거움만을 위해 시작했다.

성다영 요즘 시인 성다영, 유튜브를 시작했다.

심민아 살기를 시작했다.

유이우 늘 음악을 들으며 하루를 시작했다.

윤다혜 내가 훔치고 잊어버린 물건들에 싹이 나기
시작했다.

이다희 시를 읽는 동안 나는 내가 마음에 들기 시작했다.

이영재 어쩔 수 없어서, 다시 느린 산책을 시작했다.

이정훈 팔도 다리도 하나씩밖에 없는 거한(巨漢)이 반쪽
남은 혀로 더듬더듬 들려준 이야기를 받아쓰기
시작했다.

전호석 가짜인 나는 내가 아닌 것들만 믿기 시작했다.

정다연 입술을 열고 나는 사랑을 말하기 시작했다.

정은영 누구의 눈도 닿지 않은 행간에 누워 오늘 광합성을
시작했다.

정재율 친구들이 놓고 간 칫솔을 보다가 누가 놓고 간
것인지 헷갈리기 시작했다.

조온윤 '공통점'에서 같은 통점을 찾으며 시를 쓰기
시작했다.

주민현 한밤에 불 켜진 미술관에서 인간이 그린 인간의
마음을 들여다보기 시작했다.

최지은 그로부터 내 모든 사랑이, 돌아오고 가까이 오고
여전히 곁에 남아 둘러앉기 시작했다.

한연희 이름 없는 괴물에게 엉뚱하고 신묘한 시의 이름이
돋아나기 시작했다.

한재범 어쩌다 불투명한 것만을 사랑하기 시작했다.

홍지호 인파 속에서 갑자기 모든 일이 미안해지기
시작했다.

사전이 말을 걸어오기 시작했다

안희연

1. 처음 보는 사전

오랫동안 나는 이런 사전을 꿈꾸어왔다. 오로지 시의 눈으로 보았기 때문에 가능해지는 이런 사전을.

한번이라도 시를 써본 사람이라면 알 것이다. 시를 쓰기 위해서는 어두컴컴한 언어의 광산으로 들어가야 하고 광물을 캐듯 성실하게 단어를 캐내야 한다. 캐낸 단어를 정성껏 다듬어 의미와 리듬의 맥락에 맞게 배치하는 과정도 빼놓을 수 없다. 언어가 스스로 빛날 수 있는 자리를 마련하는 일은 생각보다 쉽지 않다. 그래서 시인의 손은 언제나 상처투성이, 검고 먼지로 뒤덮여 있으며 호주머니 속에 수시로 감춰진다.

그런 시인에게 있어 단어(單語)는 사전이 설명하듯이 그저 '자립성과 분리성을 가진 말의 최소 단위'가 아니다. 시인이 시에 '사과'라는 단어를 내려놓을 때(쓰는 것이 아니라 오래 품고 있던 조약돌처럼 슬며시 내려놓는 것이다!) 그 사과는 '장미과 사과나무속에 속하는 속씨식물'에서 그치지 않는다. 그 안엔 우리가 지금껏 보고 먹고 만졌던 사과에 관한 모든 기억과 감정이 담긴다. 긴 시간 비와 바람과 햇빛으로 길러낸 우주의 정성과 응원이 깃든다. 아오리에서 홍옥에 이르기까지 이 세상 모든 사과를 총칭하는 사과, 단 하나이면서 동시에 온갖 것인 사과. 그런 사과를 앞에 둔 우리는 각자의 시간 속으로 빨려 들어갈 수 있다. 누군가에게 사과는 환희의 맛일 것이고 또다른 누군가에게는 절망이거나 슬픔의 맛일 것이다.

한알의 사과가 그러하듯이 세상 모든 단어는 자신만의 비밀스러운 세계를 지니고 있다. 그런 단어들이 '어휘를 모아 일정한 순서로 배열하여 싣고 그 표기법, 발음, 어원, 의미, 용법 따위를 설명한 책' 안에만 갇혀 있어야 한다는 건 얼마나 답답한 일일까. 그래서 우리의 시인들이 여기에 있다. 어두웠지, 추웠지, 오래 기다렸지. 암흑 광산에 묻힌 단어를 캐내어 새로이 적는다. 그러니까 이 책은, 단어들에게 빛을 되찾아주려는 시인들의 아름다운 꿈의 기록이다. 죽은 사전이 아니라 살아 있는 사전, 끝이 아니라 시작하는 사전이다.

2. 다시 보는 사전

가족 고양이 골목 공 그림자 금요일 기억 나뭇가지 노래 노트 눈사람 다리 림보 모조 몸 미래 미신 바다 반복 배지 베개 동생 벽난로 별 부고 살갗 셸라 손톱 아침 얼음 예배 예언 원수 일몰 정면 젖꼭지 주머니 쥐 지구본 창문 체육복 총성 파자마 풍선 희생양 A

시가 된 단어들을 곰곰 들여다본다. '셸라'나 '베개 동생'처럼 조금 낯선 단어도 있지만 대부분은 익숙하게 사용해 온 단어들이다. '노트' '벽난로' '지구본' 같은 사물이나 '고양이' '쥐' 같은 동물도 있고, '기억'이나 '예언', '미래'처럼 발음하는 것만으로도 아득함이 밀려오는 추상어들도 있다. 시인들은 어떤 마음으로 이 단어들을 불러냈을까. 그리고 이 단어들은 그들에게 어떻게 감각되고 있을까. 그 마음의 심층을 헤아리기란 불가능에 가깝겠지만 분명한 건 이 시집을 펼치는 순간 조금도 새로울 것 없던 단어들이 거울 밖으로 자신의 말간 얼굴을 불쑥불쑥 내밀어 보인다는 점이다!

'골목'은 어떤 곳일까. 시인은 말한다. "들어갈 수는 있지만 나올 수는 없는 문. 열리기는 하지만 닫을 수는 없는 문", 그러므로 "인생"(주민현 17면)이라고. 이 문장을 만나고 나니 불현듯 등 뒤가 서늘해진다. 미로로서의 골목, 끝없이 열리는 바닥으로서의 골목, 뱀처럼 구불거리며 금방이라도 우리를 집어삼킬 것 같은 골목이 눈앞에 나타나기 때문이다. 골목이 이토록 공포스러운 장소였던가? 매일 밤 집으로 돌아가는 길이 그토록 멀었던 이유를, 그저 골목을 걸을 뿐인데 발이 푹푹 빠지던 까닭을 조금은 알게 된 것 같기도 하다.

'창문'에 대한 시인의 정의를 읽을 때에는 내 안에서 내가 다 빠져나간 듯 슬퍼졌다. 시인이 이야기하는 창문은 "종종 나를 데리고 이상한 곳으로 가서 잃어버"(노국희 175면)리는 것이었기 때문이다. '그래 맞아, 창문은 그런 존재지. 창 안에서 밖을 바라보는 마음과 창밖에서 안을 바라보는 마음도 다르겠지.' 생각이 꼬리에 꼬리를 물고 이어진다. 그럴 때 창문은 더이상 틀과 유리로 이루어진 사물이 아니다. 하늘을 나는 돛단배처럼 근사한 탈것이 되어준다. 물론 골목은 여전히 골목이고 창문은 여전히 창문일 뿐이다. 하지만 우리의 삶에는 지리적 장소 이상의 골목과 도구로서의 사물 이상의 창문이 분명히 존재하지 않는가. 이 책은 바로 그곳으로 우리를 인도한다. 말을 처음 배우는 아이처럼 두리번거리게 한다.

시인들의 사유를 구름판 삼아 뛰어오르면 어디로든 갈 수 있다. '금요일'과 '기억'처럼 깊은 웅덩이를 가진 단어 속으로도 얼마든 풍덩 뛰어들 수 있다. 어떤 금요일은 "하릴없이 지나"가지만 또 어떤 금요일은 "지나가지 않는"(박승열 29면) 이유는 무엇일까. 시인은 "어두운 얼굴을 가진" "그 사람을/슬픈 눈으로 기다리"(「모든 요일이 지나기 전에」)는 시간이 금요일이기 때문이라고 말한다. 기다리는 것이 있는 사람에게 시간은 자주 끊기고 뒤섞이는 무엇이다. 그것은 '기억'의 속성이기도 하다. 시인에게 있어 기억이란 "한꺼번에" "흩어지거나 모여"드는 것, "죽은 듯 보이지만" "새 이가 나"(정은영 「하도리下道里」)는 순간이기 때문이다. 이 책을 읽다보면 계속해서 질문하게 된다. 왜 이 세계는 하나도 당연하지 않은가. 왜 모두가 이토록 출렁이는 불안을 겪고 있는가.

불안은 이 시집에서 가장 다채롭게 변주되는 감정이다. 이를테면 '그림자'라는 단어를 볼 때 시인의 눈길은 그림자를 만드는 빛이 아니라 "시끄럽고 환한 곳에 가면 내 등 뒤로 숨는 것들"(조은윤 25면)에 머문다. 한없이 작아진, 겁에 질린, 긁히기 쉬운 우리 안의 우리를 이토록 간결한 문장으로 보여줄 수 있다니. 물리학자는 빛의 투과 여부로 그림자를 보겠지만 시인의 눈엔 그보다 먼저 등 뒤에 숨어 떨고 있는 이가 보인다. 사실만 보는 것이 아니라 사실 속 진실을 보려 했기 때문일 것이다. 또다른 시인은 '총을 든 손'이 아닌 '총을 쥔 모양의 빈손'을 골똘히 들여다본다. 이 세계는 "슬프다면 슬프고 이상하다면 이상한" 일들로 가득하다고, "우리가 알지 못하는" 것들은 도처에 있고 그래서 "자꾸만 손을 헛짚"(한재범 「총을 쥔 모양의 빈손」)게 된다고.

"물에서 얼음까지 가는 시간"(이다희 「마음이 사라지지 않아서—까페에서」)을 재는 시인도 있다. 그럴 때 얼음은 "얼음에 빠지지 않기 위한 혹은 얼음이 되지 않기 위한 그녀의 고군분투"(133면)가 벌어지는 시간이다. '나뭇가지'는 그저 식물이기만 한 것이 아니라 "어제는 분명 없었는데" 오늘은

"사방에서 튀어 나"와 "정수리를 긁"(강지이 「이곳에서 보는 첫 번째」)는 수상하고 아름다운 존재임을 깨닫는 시인도 있고, 아직 오지 않았으나 "무언가 온다는 슬픔" 때문에 한없이 낯설어지는 "이곳"(정재율 「온다는 믿음」)을 어리둥절해하는 시인도 있다. "매캐한 파열음"(노국희 「window-watcher」)을 듣는 시인, 모르는 사람의 체육복을 빌려 입고 뒤구르기를 하는 시인(윤다혜 「뒤구르기」), 똑바로 서서 불기둥을 바라보는 시인도 있다(정다연 「제라늄」). "망각하는 법"(성다영 「같은 날」)을 찾으려 애쓰는 모습, 온 정성으로 아침이 달라지기를 기원하는 마음(김기형 「나는 사라졌어요」)도 잔잔한 듯 무서운 표정들이다. '숲이 숲이 숲이'라는 발음을 '슬픔 슬픔 슬픔'으로 바꿔 읽거나(최지은 「구름 숲에서 잠들어 있는 너희 어린이들에게」), 이 세계는 "망치기 좋은 것들"(남지은 「모조」)로 가득하다고 읊조리는 목소리는 또 어떤가. 저마다의 색과 온도로 생생하게 출렁이는, 미처 다 옮겨 적지 못한 이 모든 아름다운 불안들을 어찌 사랑하지 않을 수 있겠는가.

3. 시작하는 사전

스물네명의 시인들은 각자의 자리에서 자신이 감각하는 세계를 그려내느라 여념이 없다. 우리는 그저 볕이 잘 드는 의자에 앉아 이 사전을 펼쳐보기만 하면 된다. 다시 보고 새롭게 보고 다르게 보려는 노력이 고스란히 담긴 사전. 이 사전을 펼쳐보는 일을 시의 미래를 엿보는 일이라고 말해도 될까. 우연이겠지만 둘 이상의 시인에게 선택받은 단어가 '별'과 '미래'라는 사실은 의미심장하게 다가온다. 그중 '미래'에 대한 정의를 나란히 읽어보기로 한다. "이 모든 걸 멈추고 싶어질 때면, 이 모든 걸 멈추고 싶다고 해도"(유이우 69면) "미래가 멈추거나 덜컹거릴 때, 이 시가 위로가 되길 바랍니다."(이다희 73면) 두 시인에게 미래란 쉽게 멈추려는 성질을 지닌 것으로 이해되지만 그렇다 해도 시인들은 그다음을 믿고 기약하는 쪽으로 몸을 튼다. 어쨌든 계속 가보려는 것. 익숙하고 확정적인 세계와 결별하고 무한한 열림과 소용돌이의 세계로 뛰어들겠다는 다짐.

우리는 이해되지 않는 단어의 뜻을 정확히 알고 싶을 때 사전을 펼친다. 그런데 그 정확함이라는 건 누구에 의한 누구를 위한 정확함일까. 그렇다면 이 사전은 어떠한가. 명쾌한 답을 주기는커녕 번번이 출발선 앞으로 데려다놓고, 몇번이고 다시 시작하게 하는 사전인데.

내가 아는 것이 전부가 아니라는 생각이 들 때, 무엇도 확신할 수 없을 때, 이 책은 귀하게 쓰일 것이다. 나를 둘러싼 세계를 처음부터 다시 읽고자 하는 사람에겐 더없이 좋을 러닝메이트이자, 페이스메이커가 되어줄 책.

저기 어두컴컴한 언어의 광산으로 자진해 들어가는 시인의 뒷모습이 보인다. 그는 오늘 어떤 단어를 발견하게 될까. 그 안엔 어떤 우주가 담길까. 시인들의 고독한 잠행을 멀리서 응원하는 밤이다. 이런 사전이라면 두껍고 무겁더라도 기꺼이 읽을 마음이 있다. 호명을 기다리는 단어들이 긴긴 잠 속에서 깜빡깜빡 빛나고 있다.

찾아보기